LE DERNIER JOUR DE SOCRATE

DRAME EN UN ACTE, EN VERS

PAR

JOSEPH JOFFROY

Ancien élève de l'École Polytechnique,
Professeur agrégé de l'Université

Représenté pour la première fois au 3e Théâtre-Français,
le 18 avril 1877.

PRIX : 1 FRANC

PARIS
LIBRAIRIE DES BIBLIOPHILES
Rue Saint-Honoré, 338

M DCCC LXXXII

A Monsieur
Mounet
sociétaire du
théâtre-français
hommage de
l'auteur
[illegible]

LE DERNIER JOUR
DE SOCRATE

(auteur
du drame
« Le [illegible] »
reçu [illegible]
au théâtre-français) ??

Nantes, le 25 mai 188[illegible].

LE DERNIER JOUR
DE SOCRATE

DRAME EN UN ACTE, EN VERS

PAR

JOSEPH JOFFROY

Ancien élève de l'École Polytechnique,
Professeur agrégé de l'Université

Représenté pour la première fois au 3e Théâtre-Français,
le 18 avril 1877.

PARIS
LIBRAIRIE DES BIBLIOPHILES
Rue Saint-Honoré, 338

—

M DCCC LXXXII

DÉDICACE

L'amitié de Coppée est un bienfait des Dieux :
Pour lui, modestes vers, soyez mélodieux.

PERSONNAGES

SOCRATE.
CRITON, disciple de Socrate.
PHÉDON, —
ANITUS, grand prêtre.
LE GEOLIER.
SIMMIAS, disciple de Socrate.
APOLLODORE, —
CÉBÈS, —
LES DEUX ENFANTS DE SOCRATE.
UN ESCLAVE.

Le théâtre représente une cellule de prison. — Porte d'entr à gauche. — Porte d'un souterrain sur la droite. — Fenêtre grillée sur la gauche. — Un lit sur lequel dort Socrat enchaîné.

Le ciel et la mer sont entrevus par la fenêtre.

LE DERNIER JOUR

DE SOCRATE

SCÈNE I

SOCRATE DORT, PHÉDON EST INTRODUIT PAR LE GEOLIER, QUI SORT.

PHÉDON.

Socrate dort, ici, du bon sommeil du juste.
Le cachot et les fers le rendent plus auguste.
L'aube déjà paraît : ses puissants ennemis
Sur leurs chevets soyeux se sont-ils endormis?
Le remords, en frôlant les franges de leur couche,
Les a-t-il obsédés de son regard farouche?
La nuit porte conseil, parfois, aux malfaiteurs;
Aura-t-elle attendri ses durs persécuteurs?

Cet espoir me soutient...
Il se croit libre, il rêve
A ses disciples chers. Le sommeil, c'est la trêve
Par les Dieux apportée à tous les opprimés.
Comme dort l'enfant pur, maître chéri, dormez.

On est donc criminel pour oser être un sage!
Des complots, des malheurs furent-ils son ouvrage?
Il combattait l'erreur sans briser des autels,
La paix est le trésor qu'il offrait aux mortels;
Imitateur de l'Être éternel et suprême,
Il a fait des heureux, que ne l'est-il lui-même?
Simple dans ses dehors, modeste en ses discours,
Il enseignait le bien qu'il pratiqua toujours.
Courageux par le cœur autant que par l'idée,
Quand nos béliers sapaient les murs de Potidée,
Du jeune Alcibiade il protégea les jours,
Et depuis ses conseils lui portèrent secours.
Aux champs de Délium il ravit la victoire
Dont les Béotiens se disputaient la gloire,
Et, guidant les soldats dont faiblissait l'ardeur,
Il sauva Xénophon prisonnier du vainqueur.
Son crime, je le sais. Il ose reconnaître
La fable dans le dogme et l'homme dans le prêtre.
Le pontife Anitus, qui le perd aujourd'hui,
L'encensoir à la main, a lutté contre lui.
En vain, pour le confondre inspirant les oracles,
Il a, pour l'éblouir, inventé des miracles.

De la séduction laissant là les moyens,
Pour l'accuser il a trouvé des citoyens
Et même un tribunal. Le grand Aréopage
A boire la ciguë a condamné ce sage
Qui suivait son chemin; Anitus, ce renard
Caché sous l'habit saint, l'assassine avec art.
Le jour fatal approche, il doit subir sa peine
Au retour du vaisseau sacré parti d'*Athène*
Pour voguer vers *Délos* aux fêtes d'Apollon.
Sa voile blanchira dans ce coin d'horizon.
Les hymnes saints, les cris du joyeux équipage,
Pour nous comme pour lui, seront le noir présage.

SOCRATE, *s'éveillant.*

Toi, Phédon! Tu n'es point un paresseux ami.
Merci! Tu ne fais pas les choses à demi,
Devançant le soleil pour visiter Socrate
Conspué, condamné par sa patrie ingrate.

PHÉDON.

Tout frêle enfant, je fus un esclave opprimé,
J'avais perdu ma mère et n'étais point aimé.
Socrate m'affranchit, m'accorda sa tendresse,
Et je viens partager la douleur qui l'oppresse.

SOCRATE.

Mais je t'ai fait attendre, il fallait m'éveiller.

PHÉDON.

Dormir, c'est être heureux, puisque c'est oublier,
Je vous laissais dormir. Dans votre belle vie

J'admirai la grandeur de la philosophie.
Que je l'admire plus, quand vous frappe le sort!

SOCRATE.

Le sage, vieux ou jeune, est l'ami de la mort.
Je pressens que cette aube est mon aube suprême.

PHÉDON.

Espère! nul n'a vu revenir la trirème.

SOCRATE.

Je me suis, cette nuit, évadé, sans efforts,
Laissant seul dans les fers ce misérable corps,
Et j'ai fait un beau rêve. Au milieu du *Lycée*,
J'adressais des conseils à la foule pressée,
Lorsque, soudain, vers moi s'avance lentement
Une femme. Que dis-je? A son blanc vêtement,
A son maintien céleste, à sa beauté parfaite,
Au laurier que sa droite a posé sur ma tête,
J'ai reconnu *Minerve*. Elle m'a dit : « Ce jour
Est pour toi le dernier au terrestre séjour;
Tu parcourras avec Homère et Pythagore
Les portiques dorés par l'immuable aurore. »

(*Entrent Criton, Simmias, Apollodore, Cébès, puis le Geôlier.*)

SCÈNE II

SOCRATE, PHÉDON, AUTRES DISCIPLES,
LE GEOLIER.

CRITON, *ému.*

Maître !...

SOCRATE.

Parle, Criton.

CRITON.

Le vaisseau fend les flots
Près du cap *Sunium*, au chant des matelots.
Quand le soleil voilé quittera l'*Acropole*.....

SOCRATE.

Je mourrai.

CRITON.

Tu vivras. Le temps fuit, l'heure vole,
Cher Socrate, éprouvons, sans retard, si les Dieux
Seconderont l'effort de disciples pieux.
Je viens avec Cébès, Simmias, Apollodore,
A la lueur discrète et douce de l'aurore,
T'offrir la liberté, quand vers toi vient la mort.
Le geôlier est à nous, il s'est livré sans or.
Partons, Maître !

TOUS *répètent.*

Partons!

CRITON.

Un esquif au rivage
Nous attend. Cette voûte est un secret passage...

LE GEOLIER.

Je l'ouvrirai pour vous, et ses détours obscurs
Vous conduiront bientôt jusqu'à des chemins sûrs.

(*Le Geôlier sort.*)

SCÈNE III

LES MÊMES, *moins le Geôlier.*

SOCRATE, *ému.*

Mes amis...

CRITON.

Pourquoi craindre? aux champs de *Thessalie*
Nous irons abriter le trésor de ta vie.
Viens! *Simmias* t'apporte un bon déguisement.
Jette en proie au bourreau ton ancien vêtement.

PHÉDON, *à genoux, déliant les fers de Socrate.*

Laissez-moi détacher vos fers. Phédon vous prie...

SOCRATE.

Aux accents de vos voix mon âme est attendrie.

(*Le Geôlier reparaît tenant une torche et ouvre le souterrain.*)

SCÈNE IV

LES MÊMES, LE GEOLIER.

LE GEOLIER, *à Socrate.*

Vous êtes libre!

SOCRATE *s'avance jusqu'à l'entrée du souterrain, puis recule brusquement.*

Non. J'attendrai le trépas.
Amis, la loi suffit pour enchaîner mes pas.

CRITON.

Mais injuste est la loi qui t'arrache la vie.

PHÉDON.

A rester avec nous l'amitié vous convie.

SOCRATE.

Nous serons réunis en un lieu fortuné.

CRITON.

Vous êtes innocent.

SOCRATE.

Mais je suis condamné.

CRITON.

Tu dédaignes nos soins et tu chéris tes chaînes!
En nous voyant passer, on dira dans Athènes :
« Regardez les amis de ce sage estimé,
Ils pouvaient à la mort disputer l'opprimé,

Ils ont rougi de lui. Chacun d'eux n'est utile
Qu'à déclamer beaucoup de mots creux au *Pécile.*

PHÉDON, *indiquant l'horizon.*

Ciel! Cette voile au loin.....

CRITON.

Ce gouvernail paré
De lauriers, c'est celui du navire sacré.
Écoutez!

(A Socrate.)

Entends-tu... ces accents d'allégresse
A l'heure du trépas du sage de la Grèce?

PHÉDON.

Ces chants donnent la mort. Par pitié, suis-nous donc.
Ainsi tu veux mourir et ne plus voir Phédon.
A ta lèvre d'où sort l'exquise poésie
Du bien, du beau, du juste, idéale ambroisie,
Tu ne veux plus tenir notre esprit tout charmé
Et ne plus nous chérir, bien que tu sois aimé!

SOCRATE.

Moi ne plus vous chérir! C'est toi qui fais entendre
Ce reproche, ô mon fils, ô mon disciple tendre!
Ne t'ai-je pas prouvé notre immortalité?
Pour d'autres entretiens reste l'éternité.

PHÉDON.

Daignez songer aux pleurs que nos yeux vont répandre
Quand de Socrate, hélas! nous n'aurons que la cendre.
Lorsque le nautonier, jeté contre un récif,

Sur l'Égée en courroux voit sombrer son esquif,
Dans un effort suprême il s'élance à la nage
Vers ses pâles amis accourus au rivage
Et saisit dans les flots où l'atteignent leurs voix
Le câble que leurs mains lui jettent à la fois.
Toi, pauvre naufragé, tu refuses de prendre,
Quand tu péris, la main que nous venons te tendre.
Cependant, tu le sais, quand tu ne viendras plus
Au *Portique*, au *Lycée*, au bois d'*Académus*
Où tu nous captivais, enseignant la sagesse,
Nos cœurs seront atteints d'une longue tristesse.
Maître, ne me fais pas maudire le beau jour
Où germa dans mon sein un filial amour,
Où ta grande parole étonna ma pensée,
Où mon âme d'enfant, à ton âme enlacée,
Tressaillit du plaisir sans égal sous les cieux
D'écouter et comprendre un ami des vrais Dieux.

CRITON.

Pour tes concitoyens, pour nous et pour ta gloire,
Au pontife Anitus arrache sa victoire.
Tes ennemis, demain, peuvent se repentir,
Et c'est leur épargner un crime que partir.

SOCRATE, *aux Disciples qui l'entraînent doucement.*

Arrêtez! Je ne puis trahir la loi suprême.
C'est notre mère à tous, je la respecte et l'aime.

(On entend crier au dehors : « Vive Socrate! mort à Anitus! »)

CRITON.

O Ciel! des cris vengeurs accusent tes bourreaux,
Tout le peuple t'appelle à travers ces barreaux.

(*Aux Disciples.*)

Courons nous joindre à lui, redoubler sa colère
Et pour nos ennemis le rendre sanguinaire.

PHÉDON, *à Criton.*

Nous te suivons.

(*Les Disciples vont sortir.*)

SOCRATE.

Restez! Que maudit soit le sein
Des mères dont les fils font le peuple assassin!

(*Au Geôlier.*)

Referme, mon ami, le seuil de cette voûte.
Ni pour toi ni pour moi ce n'est la bonne route.
Rends-moi mes fers.

(*Le Geôlier referme le souterrain et remet à Socrate ses fers.*)

SOCRATE, *aux Disciples.*

Pourquoi corrompre ainsi la foi
D'un homme dont les yeux doivent veiller sur moi?
Épargnez-moi la honte, en me laissant ma chaîne,
Et qu'assisté par vous je subisse ma peine.
Si j'écoutais mes sens, j'aurais déjà porté
Ces muscles et ces os en lieu de sûreté,
A *Thèbes*, à *Mégare*, et même au bout du monde.
Une âme efféminée en ruses est féconde.

Dans un banal exil, à table, plaisamment,
Je conterais à tous quel travestissement,
Quel stratagème aurait, changeant mes destinées,
Ajouté quelques ans à mes vieilles années.
Mais mon nom est Socrate : or, dans ses entretiens,
Socrate vous apprit, comme souverain bien,
Le mépris de la mort, l'amour de la patrie,
Le respect de la loi sévère mais chérie.
Donc Socrate ne peut, comme un vil malfaiteur,
Comme un esclave lâche, un traître sans pudeur,
Déserter sa prison. Il doit, comme nos braves
Captifs chez le barbare, ennoblir ses entraves.
J'ai déclaré la guerre aux fausses déités.
Mon trépas est le prix de hautes vérités.
Aller en plein soleil proclamant une idée
Qui fait peur aux puissants d'une époque attardée ;
A l'erreur, sur son char, arracher l'oripeau,
C'est, je l'avais prévu, se creuser son tombeau.
Le maître, à ses leçons donnant un bel exemple,
Change, par sa vertu, son cachot en un temple.

PHÉDON.

Le pontife Anitus! Déjà l'instant fatal!

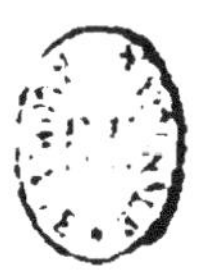

SCÈNE V

SOCRATE, ANITUS.

(*Le grand prêtre Anitus entre suivi d'un esclave. Sur un geste de lui, les amis de Socrate et l'esclave se retirent.*

ANITUS.

Je viens vers toi, Socrate, au nom du tribunal.
Le vaisseau d'Apollon, couronné de feuillage,
A ramené nos fils de leur pieux voyage.

SOCRATE.

Je le savais. Ainsi, tu veux, ayant ouvert
La plaie, y retourner encore un peu le fer.

ANITUS.

Non. La pitié m'amène à l'heure du supplice.

SOCRATE.

La pitié du *Cyclope* avertissant *Ulysse*
Que, le plus tard possible, il doit le dévorer.

ANITUS.

Tu railles, car je suis là pour te délivrer.

SOCRATE.

Pontife, la mort seule est ma libératrice.

ANITUS.

Pourquoi fermer les yeux aux bords du précipice?
La vie est, à tout âge, un estimable bien.
Ta femme, tes enfants ont besoin d'un soutien.
Ministre de Cérès par ta lèvre outragée,
Je votai ton trépas pour qu'elle fût vengée ;
Mais nous te sauverons, si tu dis humblement
Que toute ta sagesse est de l'aveuglement.
Des prêtres tu connais la secrète puissance;
On nous aime ou craint plus que les Dieux qu'on encense,
Le peuple nous écoute, et les juges aussi.
Si par le tribunal ton sort n'est adouci,
A défaut de la loi nous emploîrons l'adresse;
De qui sert nos autels le sort nous intéresse,
Et ton évasion est un résultat sûr
Pour qui sait acheter le geôlier le plus dur.
Nos excellents amis sont en toute contrée,
La paix de tes vieux jours y serait assurée.
Ton repentir sera facile; j'ai pris soin,
Ménageant ta fierté, d'écarter tout témoin,
Et, loin qu'en ces murs noirs m'accompagne la haine,
Ton plus cher intérêt est l'ami qui m'amène.

SOCRATE.

Malgré ce doux exorde, il te faudra sortir
Sans aller publier un mot de repentir.

ANITUS.

Tu veux donc que la mort se présente à ma place?

SOCRATE.

Puisqu'il faut, tôt ou tard, toucher sa main de glace,
Je tends la mienne ouverte. Aujourd'hui c'est mon tour,
Tu recevras aussi sa visite à son jour.
Sans la haute faveur de tes bénins confrères,
Elle va m'enlever les humaines misères,
Soucis, chagrins, souffrance, entrave, infirmité,
Et ne m'imposera pas une lâcheté.

ANITUS.

Mais le néant n'est pas aux confins de la vie.

SOCRATE.

J'ai prouvé que d'une autre elle sera suivie.

ANITUS.

Mais l'enfer, qui t'attend au bord de l'avenir,
Est fertile en tourments que ne voit pas finir
Celui qui, comme toi, meurt dans le sacrilège.

SOCRATE.

Pour tant de charité que le Ciel te protège,
Toi qui, m'ayant traduit devant nos tribunaux,
Recommandes mon âme aux juges infernaux.
Tu devrais de l'enfer, que tu te plais à peindre,
Menacer moins souvent et beaucoup plus le craindre;
Nos juges sont là-haut, Anitus; que les Dieux
De Socrate te soient miséricordieux!

ANITUS.

Tes Dieux? D'où viennent-ils? Qui leur rend des hommages?
Je cherche leurs autels, leurs prêtres, leurs images,

Tu t'en es fabriqué qui se passent d'encens,
Toi qui ne daignas point, pour nos maîtres puissants
Dont le culte remonte aux âges héroïques,
Mettre une goutte d'huile en nos lampes mystiques.
Les festins de Bacchus sont dénigrés par toi,
Comme ceux de Cérès ordonnés par la loi ;
Tu prétends que du Ciel les miracles antiques
Sont des contes d'enfants fabuleux et comiques.
Malheureux! qui t'oblige à semer en tout lieu
Ta verve satirique et ta pensée?

SOCRATE.

Un Dieu!

ANITUS.

Révéler la science et les Dieux à la terre,
C'est usurper les droits de notre ministère.

SOCRATE.

C'est ce Dieu qui m'a dit : « Chéris la vérité
Au mépris de ta paix et de ta liberté.
Proclame-la partout, conseille, instruis sans cesse,
A faire un peuple grand prépare la jeunesse,
Confonds l'hypocrisie, et la haine, et l'orgueil,
Jusqu'à ce que ta voix soit éteinte au cercueil. »

ANITUS.

Si tu voulais cacher sur l'autel de ton âme
Ton Dieu contre lequel notre Olympe réclame,
Tu vivrais riche, heureux...

SOCRATE.

Ce n'est pas le moment.
Quand le luth des festins résonne indécemment,
Ce n'est pas mon devoir de taire ma doctrine,
D'éteindre le soleil nouveau qui m'illumine.
L'esprit humain dormait d'un stupide sommeil,
Dans le monde moral j'ai sonné le réveil.
Il faut que l'homme, enfin se connaissant lui-même,
Se serve du bon sens et brûle le système.
C'est, depuis quarante ans, l'œuvre que je poursuis;
Elle a rempli mes jours, elle a rempli mes nuits,
Elle est ma passion, le seul but de ma vie,
Mon crime pour les uns, pour d'autres ma folie.
Il faut des criminels ou des fous tels que moi
S'offrant en holocauste au glaive de la loi,
Aimant l'humanité jusqu'à souffrir pour elle,
Offrant, avec leur sang, la vérité nouvelle.

ANITUS.

Regarde! le soleil décline à l'horizon;
Abjure ta doctrine, ou bien prends le poison.

SOCRATE.

On abjure l'erreur, la vérité s'affirme;
Pour nier la clarté, j'attendrai d'être infirme.

ANITUS.

Au nom de Jupiter dont tu braves la loi,
Au nom de tout l'Olympe irrité contre toi,
Veux-tu, rebelle esprit, à ma voix te soumettre?

SOCRATE.

Je me soumets aux Dieux, mais pas à toi, grand prêtre.

ANITUS.

O sacrilège orgueil! aveuglement fatal!

SOCRATE.

Va, porte ma réponse au puissant tribunal.
Non, non, je ne crois pas à tes Dieux chimériques
Faits de boue et de chair, instruments politiques,
Invisibles tyrans, iniques et jaloux,
Féroces, vicieux et faibles plus que nous.
L'égoïsme inventa tous ces cultes bizarres
Qui tiennent les cœurs bas et les esprits ignares.
Voulant désabuser les crédules mortels
Qui portent des présents à d'immondes autels,
Aux prêtres de tes Dieux j'ai déclaré la guerre,
Et les ai démasqués au fond du sanctuaire.
Socrate sacrifie aux véritables Dieux
Pour qui l'honnête est bon et le vice odieux.
Je crois à ceux qui font prospère la patrie
Et pour qui des humains la famille est chérie,
A ces foyers versant aux astres la clarté,
Aux âmes la science, aux cœurs la charité.

ANITUS.

A ton audace impie il n'est qu'une réplique.
(*Haut.*)
Esclave...

(*L'Esclave entre.*)

L'ombre monte au roc du Pentélique.
Esclave, fais ton œuvre : ôte d'abord les fers
Du condamné qu'attend la torture aux enfers.

(*A part, en entendant des murmures au dehors.*)

Mais il faut éviter la foule qui murmure :
La route tortueuse est, souvent, la plus sûre.

(*A haute voix.*)

Geôlier...

(*Le Geôlier paraît.*)

Ouvre le seuil de ce souterrain noir.

(*En sortant par le souterrain.*)

Que, parfois, l'on s'expose en faisant son devoir !
Je dois me conserver pour mon saint ministère.

(*Le Geôlier suit Anitus dans le souterrain. — L'Esclave ôte à Socrate ses fers et sort. Criton rentre.*)

SCÈNE VI

SOCRATE, CRITON.

CRITON, *montrant le souterrain.*

Le pontife...?

SOCRATE.

Prudent, il rampe sous la terre.

CRITON, *montrant un poignard et près de s'élancer dans le souterrain.*

Un désir homicide est entré dans mon cœur.
Si je l'assouvissais?

SOCRATE.

Tu me ferais horreur.

(*Le Geôlier reparaît et referme le souterrain.*)

Le fer n'a pas le droit de rendre la justice.
Ainsi que le bourreau qu'au juge il obéisse!

SCÈNE VII

SOCRATE, CRITON, LE GEOLIER.

LE GEOLIER.

Pardonne au geôlier, toi le meilleur, le plus doux
Des hommes que la loi mit sous mes durs verrous.
Innocent je te plains, vertueux je t'honore,
La tâche que je dois accomplir, je l'abhorre.
Je n'ose t'annoncer ce que tu sais trop bien,
L'esclave va venir, le Ciel soit ton soutien!

(*Le Geôlier sortant introduit les Disciples.*)

SCÈNE VIII

SOCRATE, SES DISCIPLES.

SOCRATE.

Approchez, mes amis : trêve aux tristes pensées.
Je ne suis plus captif, mes chaînes sont brisées.
Je pars, je vous précède et vais connaître ailleurs
Des juges plus cléments et des hommes meilleurs.
Je monte de la nuit au foyer de l'aurore
Qui réjouit Thalès, Orphée et Pythagore,
Et tant d'autres esprits renommés parmi nous,
Et mes parents qui m'ont donné leur rendez-vous.

(*L'Esclave apporte une coupe que prend Socrate. — Le Geôlier le suit*)

SCÈNE IX

LES MÊMES, LE GEOLIER, L'ESCLAVE.

SOCRATE, *au Geôlier.*

Apprends-moi, mon ami, ce qu'il me reste à faire.

LE GEOLIER, *ému.*

Quand ta lèvre aura pris la liqueur tout entière,

L'effet en sera prompt si tu portes tes pas
Le long de la cellule et ne reposes pas
Avant de chanceler sur ta jambe alourdie.

SOCRATE.

Permet-on d'en répandre une faible partie,
Pour honorer les Dieux, comme on fait d'un nectar ?

LE GEOLIER.

Maître, l'esclave n'a préparé qu'une part.
J'ai vu des condamnés obligés de reprendre
Cette coupe, la mort se faisant trop attendre.
Par pitié pour nous tous, abrège ta douleur.

SOCRATE.

Je suivrai les conseils donnés par ton bon cœur.

(Le Geôlier ému sort. — L'Esclave reste adossé contre la porte de bronze.)

SCÈNE X

SOCRATE, SES DISCIPLES, L'ESCLAVE.

SOCRATE, *levant les yeux au ciel.*

Principe de l'esprit, du feu, de la matière,
Moteur mystérieux de la nature entière,
Cause et dispensateur du bonheur éternel,
Toi que l'on nomme Dieu, sois pour moi paternel !
Je te tiens, coupe sainte, urne de l'espérance !

Calice où je boirai l'oubli de la souffrance,
O toi que plus d'un juste à sa lèvre a porté,
Tu donnes non la mort, mais la félicité.
L'artiste sur ton anse avec le pur ivoire
Fit ce blanc papillon qui se penche pour boire,
Tenant déjà son aile ouverte pour l'essor.
Mon âme, comme lui, veut s'envoler du bord.

(*Socrate boit la ciguë. — Le Geôlier introduit ses deux enfants.*)

SCÈNE XI

LES MÊMES, LES DEUX ENFANTS DE SOCRATE.

LE GEOLIER.

Socrate, tes enfants .. des gens de ta famille
Les ont menés, veux-tu les voir?

SOCRATE, *à part.*

Mon fils ! ma fille!

(*Au Geôlier.*)

Oui, je veux leur parler, oui, sur leurs fronts poser,
Au moment du départ, mon âme en un baiser.

(*Le Geôlier introduit les deux enfants.*)

SCÈNE XII

SOCRATE, ses Disciples, ses deux Enfants.

Socrate.

Venez, enfants, courez embrasser votre père.
Sophronisca, Lampsaque, images de ma mère,
Quand je vous vois ainsi, vos têtes sur mon sein,
Vos cœurs sur ma poitrine et tous deux dans ma main,
Perçant la profondeur de ces humides voûtes,
Mon âme vous conduit par de joyeuses routes
Et, planant dans l'azur sans tache de vos yeux,
Croit à l'éternité de l'amour dans les cieux.
Criton, il ne faut pas oublier que c'est l'heure.
Qu'ils ignorent longtemps pourquoi leur mère pleure.
Épargne de ma fin le spectacle à leurs yeux.
Je les confie à vous et les confie aux Dieux.
Qu'ils observent les lois, qu'ils aiment la patrie,
Qu'ils soient, pour la sauver, prêts à donner leur vie.
Vous leur direz souvent que le plus grand bonheur
N'est pas dans les plaisirs, mais dans la paix du cœur.

(*Le Geôlier conduit la famille de Socrate jusqu'à la porte du cachot. — Les Disciples sont consternés.*)

SCÈNE XIII

SOCRATE, SES DISCIPLES, L'ESCLAVE.

SOCRATE.

Disciples, vous pleurez! votre pitié m'offense.
Vous me condamnez donc à l'éternelle absence.
Puisque de l'avenir vous avez tous douté,
Je reprends ma leçon sur l'immortalité.
Ce misérable corps, mon corps, n'est pas moi-même.
Croire qu'il est Socrate est une erreur extrême.
L'être qui vit en moi, qui plane audacieux
De la terre aux enfers et des enfers aux cieux,
Qui chérit la vertu, qui déteste les crimes,
Qui se nourrit d'amour et de pensers sublimes,
Qui, restant libre et fort malgré le poids des fers,
Se trouve resserré dans l'immense univers
Et laisse avec mépris sa chaîne corporelle,
Les Dieux ne veulent pas le détruire comme elle.
(*Après un court silence.*)
Un invisible essor emporte dans les cieux,
Au milieu des héros, dans le séjour des Dieux,
Ceux qui, justes et bons pendant la vie entière,
Soumirent à l'esprit la cynique matière;

Là, leurs plaisirs sont tels que nul langage humain
Ne les raconterait et qu'ils n'ont pas de fin.
Mais ceux qui, méprisant la noblesse de l'âme,
L'ont rivée à la chair par un hymen infâme,
Sont éternellement impuissants à briser
Ses fers forgés au feu d'un immonde baiser.
Leurs mânes, sans sommeil dans les heures nocturnes.
Se penchent affligés sur les cendres des urnes.
Ils brûlent de calmer, et c'est toujours en vain,
Une cruelle soif, une cruelle faim.

PHÉDON.

O mon maître, votre âme est trop puissante et belle
Pour nous laisser douter de la vie éternelle.

CRITON, *à Socrate.*

Mais prescris-nous comment il faut t'ensevelir.

SOCRATE, *qui s'est étendu sur son lit.*

Cher Criton, ce n'est pas l'ami qui va partir
Que tu déposeras dans le sein de la terre.
Ce sont ma chair, mes os, c'est un peu de poussière,
De mon âme éthérée habitacle grossier,
Creuset que le soleil refond à son foyer.
Que le déguisement supporté par mon âme
Soit placé dans le sol, dans les flots ou la flamme,
Qu'importe à moi qui pars ? mon corps te restera,
Et tu peux le traiter comme il te conviendra,
Mais que nul parmi vous sur ma cendre ne pleure,
Puisque j'aurai quitté cette pauvre demeure.

CRITON.

Fais descendre en nos cœurs, ami trop tôt quitté,
Tes ordres, tes désirs, ta moindre volonté!

(*Les Disciples sont à genoux. — Criton au chevet de Socrate. — Phédon couvre de sa belle chevelure les pieds de Socrate. — L'esclave demeure impassible. adossé contre la porte de bronze.*)

SOCRATE, *d'une voix faible et lente.*

Mes disciples, cherchez les lois de la nature,
Goûtez à vous connaître une volupté pure.
Il faut, si vous songez au maître avec amour,
Vers le vrai, vers le bien faire un pas chaque jour.

(*Après un court silence.*)

Tu n'es point là, Platon! Ils n'ont daigné permettre
Que tu presses la main froide de ton vieux maître;
Mais tu rappelleras, j'en suis sûr, mes leçons.
Le champ de ta jeunesse a promis des moissons.
O disciple fervent, ta mission commence
Et ma tragique fin t'ouvre une arène immense.
Par ma doctrine armé, terrasses-y l'erreur,
Sois de l'humanité le sublime éclaireur,
Toi qui de mes pensers deviens dépositaire.
Pauvre, c'est un trésor que je lègue à la terre.

(*Après un court silence.*)

Criton, mon corps s'éteint, sans la moindre douleur;
Esculape est le Dieu qui m'a fait ce bonheur,
Nous lui devons un coq, songe à payer ma dette.

CRITON.

Cette offrande, ô Socrate, en ton nom sera faite.
Qu'ordonnes-tu de plus à tes amis pieux?

(*L'esclave va mettre la main sur le cœur de Socrate et se tient impassible.*)

PHÉDON.

Ciel!... Il ne répond plus.

CRITON.

Il a rejoint les Dieux.

(*Criton ferme les yeux de Socrate, tandis que le Geôlier, entr'ouvrant la porte, tombe à genoux.*)

FIN

DU DERNIER JOUR DE SOCRATE

A PARIS

DES PRESSES DE D. JOUAUST

Imprimeur breveté

RUE SAINT-HONORÉ, 338

M DCCC LXXXII

Dans le même format :

VERS

Rimes futiles, par Monte-Naken. 2 50
Anthologie de quatrains anciens et modernes 3 50
Poésies de Gustave Vinot : Poèmes et Poésies . . . . 3 fr.
Doña Juana, poème dram. . 2 fr
Les Neveux du Pape . . . 3 50
Poésies d'Élie Cabrol : La Première Absence, 12 *eaux-fortes*. . . 12 fr.
Comédies, 3 *eaux-fortes* . 6 fr.
Etienne Marcel, drame. . . 3 50
Épaves de jeunesse, par C. Ducroq. 2 fr.
Premières Poésies, par P. Milliet. 3 50
Les Petits Ours, par E. Rochard. 3 50
Légendes bouddhiques, par E. Thiaudière . . . . 1 fr.
Les Illusions, par Em. Favin . . 3 fr.
Feuilles mortes, par A. Miral . . 2 fr.
Rayons jaunes, par O'Saül . . . 2 50
Amadis, par le comte de Gobineau. 3 50
Fantaisies d'Orient, par le comte de Perrochel . . . . 3 fr.
Feuilles du cœur, par Della Rocca. 3 50
Lacrymæ rerum, par L. Paté . . 2 fr.
Myrtes et Cyprès, par G. Eekhoud 3 50
Zigzags poétiques, par G. Eekhoud 3 fr.
Les Pittoresques, par G. Eekhoud. Pap. vergé, 6 *eaux-fortes* . . 5 fr.
Idylles françaises, par E. Dochez. 3 fr.
Marcelle, par M. Duseig. 4 *eaux-fortes* 3 50
Fleurs aimées, par E. Ameline. 3 fr.
Dans le bleu, par le comte de Perrochel. . . . . 3 fr.
Roses et Cyprès, par S. Berthet. 2 fr.
Nouvelles Géorgiques, par J. Durandeau 3 50
Péchés de jeunesse, par E. Hubert 2 50
Les Chants du réveil, par Pierre Mieusset. 2 50
Les Chevaleresques, par A. de Cazanove 3 50
Amours brisées, par E. Ameline. 3 50
Deuils et Joies, par O. Coomans. 3 fr.
Brahma, poème 2 50
Au Foyer, par G. La Batie . . 3 fr.
Les Jours maudits, p. A. Claverie 3 fr.
Les Cadettes, par Em. Chatellier. 2 50
Confessions d'une toute jeune femme, par P. Viteau . . . . 3 fr.
Renée d'Amboise, par Ed. Dupont-sevrez 2 50
Dans l'exil, par E. Joël. . . . . 3 fr.
Mosaïques, par J. Magnard. . . 3 fr.
La Vie mauvaise, par Pontsevrez. 3 50
A travers la vie, par Flamen . . 3 fr.
Au petit bonheur, par le comte de Flavigny 3 50

PROSE

Drames et Romans de la vie littéraire, par Saint-René Taillandier . 3 fr.
La Muette, le Château et ses désastres, par Jules Janin . . . . 1 fr.
De l'autorité de Rabelais dans la Révolution, par Ginguené, préface par Henri Martin. . . . . . . 3 fr.
Les Baisers, de Jean Second, traduits par V. Develay . . . . 3 fr.
Élégies de Jean Second, traduites par V. Develay . . . . 5 fr.
La Lorgnette philosophique, par N. Quépat. Pap. vergé . . . . . 4 fr.
La Mettrie, sa vie et ses œuvres, par N. Quépat. 3 50
Nos Maîtresses, par Adhémar . 3 fr.
Souvenirs d'Orient, par J. Sigaux 2 fr.
La Couronne d'épines, par P. Brouzet. Pap. vergé 3 50
Guide-Roman au Mont-Dore, par J. de Boisgrolau 3 50

THÉATRE

Le Péché véniel, 1 acte en vers, par Alb. Millaud. 1 50
Le Glaive runique, drame lyrique, par Léouzon Le Duc (200 exemplaires). . . . . 5 fr.
La Critique de *la Visite de noces*, par H. de Lapommeraye, 1 acte en prose . . . . 1 fr.
Le Mariage d'Alceste, 1 acte en vers, par Ch. Joliet. . . . . 1 fr.

9305 — Imprimerie Jouaust, rue Saint-Honoré, 338.

www.ingramcontent.com/pod-product-compliance
Ingram Content Group UK Ltd.
Pitfield, Milton Keynes, MK11 3LW, UK
UKHW020503230726
13925UKWH00005B/2086